폰카,
시를 입다

QR 링크를 통해 시인들의 대표 시 낭송을 들을 수 있습니다.

폰카,
시를 입다

후마니타스연구소 기획

강춘수 공길숙 김기봉 김서은 김현숙
박동금 박 삼 마이리 정인엽 황가영

생각나눔

시 쓰기와 함께 한, 두 번째 여름이 지났습니다.

10명의 시인이 빚어낸 67편의 작품들이 또 한 권 아름다운 시집으로 묶였습니다.

강의 동영상을 쭉 다시 돌려봅니다.

딱딱한 생활을 바꿔 보고 싶어서, 나이 들며 자연을 잘 표현하고 싶다는 생각에, 우연한 기회에 써 봤던 시가 너무 좋아 오셨다는 첫 시간, 설렘의 분위기가 생생합니다.

달맞이꽃, 등대와 배, 눈사람… 한주 한주 작품이 쌓이며 나만의 시어 찾기에 익숙해지고, 시 쓰기에 재미를 붙여가는 모습은 옆에서 딱 봐도 알 수 있습니다. 고통 속 기쁨을 즐기는, 바로 자연스러운 시인의 모습이었지요.

톡톡 튀는 재치, 코끝이 찡해 오는 감동, 가슴이 트이는 웅장함까지. 일상 속 평범한 주제를 놓고 어쩌면 이렇게 참신한 아이디어들을 내놓을 수 있을까. 매주 감탄의 연속이었습니다.

삶을 풍요롭게 하는 건 더 많은 느낌표와 감탄사라는 생각을 합니다. 내일의 일, 몇 시간 뒤도 알 수 없는 삶 속에서, 지금 이 시간, 이 자리에 온 마음을 다 쏟는 것이 바로 시인의 시선 아닐까요. 시인의 눈으로 세상을 바라본다면 일상은 얼마나 풍부해질까요.

3분 쓰기, 단체 인증 사진들과 함께, 또 좋은 시를 같이 읽기도 하고 서로의 작품에 피드백하는 사이, 수도 없는 탄성과 폭소 속에 어느덧 7번의 수업이 끝났습니다. 꿈에서도 나올 만큼 시에 몰두한 시간, 치유의 시간, 좋은 에너지를 받은 시간, 기적 같은 시간이라 했습니다. '끝나면 어떡하지?' 소감 속엔 아쉬움이 그대로 묻어납니다.

우리를 시 쓰는 즐거움 속으로, 그 마력의 세계로 안내해 주신 김미희 작가님, 전 과정을 꼼꼼하게 챙겨준 최희주 부장에 감사를 전합니다. '특별한 표지'를 선사해 주신 황가영 선생님과 시집을 한층 빛내 주신 낭독전문가 선생님들께도 가슴 깊이 고마움을 전합니다.

이제 막 시의 연한 잎을 틔웠습니다.
앞으로도 무성한 잎들을 드리우고, 그 아래에서 시의 벗들과 노닐며, 아름다운 시의 숲을 함께 이루어 가길 소망합니다.

2023년 11월
치열했던 여름을 추억하며, 『경향신문』 후마니타스연구소장 송현숙

🎤 표시가 된 시들은
큐알 코드를 통해 낭독으로 들을 수 있습니다.

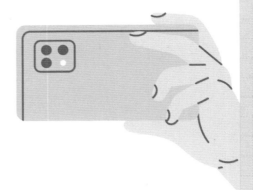

머리말 •5

1부 달맞이꽃

만 큼 강춘수   16

환승 이별 강춘수   18

전래동화 공길숙   20

노랗다 김기봉   22

너랑 나랑 김시은   23

취 향 김현숙   24

낮달맞이 박동금   26

내 어머니 박삼   27

달밤 초대장 마이리   28

당신맞이꽃 마이리   30

밤에 피는 꽃 정인엽   31

미 행 황가영   32

2부 등대와 배

출석부 강춘수   36

갈매기 보초병 강춘수   38

항구에서 공길숙   39

등대와 물고기 김기봉   40

🎙 아버지의 배 김서은   42

경비아저씨 김서은   44

절박한 기도 김현숙   46

등대에게 김현숙   47

🎙 모정의 포구 박동금   48

등 대 박동금   50

사 투 박삼   51

🎙 낚 시 박삼   52

🎙 은행나무 집 엄마 마이리   54

🎙 팔미도에는 정인엽   56

오리의 편지 황가영   58

3부 눈사람과 해

착한 이별 강춘수   62

운 명 강춘수   63

눈사람 친구 공길숙   64

노을빛 눈사람 김기봉   66

눈사람 도둑은 누굴까 김서은   67

또 만나자 김서은   68

겨울 아이 김현숙   70

해와 눈사람 박동금   71

겨울 선물 박삼   72

눈사람을 사랑한 해 박삼   74

눈사람과 꼬마 마이리   75

타임머신 마이리   76

환생의 꿈 정인엽   77

비밀 일기예보 황가영   78

4부 누룽지

마른 밥 강춘수   82

g군의 식사 강춘수   83

누룽지 공길숙   84

🎙 가마솥 실험실 김기봉   86

누룽지 친구 김서은   87

노년의 삶 김현숙   88

가마솥 누룽지 박동금   89

아버지와 누룽지 박삼   90

잘난 척 박삼   92

고소한 편지 마이리   93

누룽지 치과 마이리   94

바닥에 피는 꽃 정인엽   96

🎙 콘크리트 누룽지 황가영   98

5부 포도와 벌

포도나무와 벌의 사랑 강춘수   102

사소한 질문 다섯 개 강춘수   103

꿀벌의 노임 공길숙   104

포도 자석 김기봉   105

벌 김서은   106

백일기도 김서은   108

포 도 김현숙   110

선 발 박동근   112

포도송이 박삼   114

흥부골 포도 마이리   115

아들이 여친을 데리고 왔다 마이리   116

너 하나 나 하나 정인엽   118

생일 저녁 7시 58분 황가영   119

시집을 내며 •121

1부

달맞이꽃

만 큼

강춘수

달맞이꽃
달을 보고
달큼달큼 자라고

해바라기꽃
해를 보고
해큼해큼 자라고

우리 아가꽃
엄마 웃음 보고
성큼성큼 자란다

환승 이별

강춘수

잊기로 했다
여름 내내 샛노랗도록
달만 그리워하는 너를

설렌다
가을바람 휘감고 야들야들 춤추는
코스모스에

전래동화

해와 달 이야기 알지?
오누이가 호랑이에게 쫓기다
하늘에 빌었다지

하늘에서 내려준 동아줄을 타고
오빠는 해가 되고
동생은 달이 되었대

해는 낮에 뜨고
달은 밤에 뜨잖아
해와 달은 그렇게 만날 수 없었어

밤이 무서운 달님은
펑펑 울며 지냈다지

울보 달님을 달래주려
달맞이꽃 피었대

술래잡기, 숨바꼭질, 끝말잇기
놀다 지친 달맞이꽃
낮엔 쪽잠을 잔다네

노랗다

김기봉

바람 따라 손짓
초록 밭 사이 노랑 몸짓
어둠 뚫은 고갯짓 두해살이

창문 열면 어둠, 달
창문 열면 어둠, 달
달빛 앓이 한 얼굴들

너랑 나랑

김서은

하나뿐인 달빛
달빛 차지하려 밤에 피었나?
밤 달맞이꽃

반짝이는 햇빛 차지하려 낮에 피었나?
낮 달맞이꽃

우리 나누어서
낮 밤을 밝혀볼까

취 향

김현숙

달맞이꽃은
강렬한 해님 눈길
눈 감아 외면하고

부드러운 달님 미소
환한 얼굴로 맞이하네

모든 것이 잠든
어둠 속에서
더욱 빛난다

낮달맞이

박동금

둑길 따라
한낮에 핀 노랑 꽃

구름 속 해를
달로 착각한 건지

지구를 돌아와
시차 부적응인지

혼돈의 세상에
낮과 밤을 잊은 건지

이도 저도 아니면
마음을 바꾸었는지

물난리의 계절에
슬픔을 위로하는 꽃

내 어머니

박삼

한가득 담은 밥상
머리에 이고
양지마을 고개 닳도록 넘나드시던

연노랑 꽃잎 주름 패고
키 작은 꽃대
굽어진 허리

밤이나 낮이나
자식 기다리시던 그 모습
달맞이꽃을 닮으셨지

달밤 초대장

마이리

잠 못 이루는 여름밤
가만가만 밖으로 간다

훅 밀려드는 더운 바람
방금 자른 듯 진한 풀냄새

개울을 따라 걷는다
물소리 벌레 소리

모두 잠든 시간
홀로 피어 있는 노란 꽃

네가 나를 이리로 불렀구나

당신맞이꽃

마이리

밤에는 달맞이
아침에는 해맞이
가장 설레는 것은 당신맞이

밤에 피는 꽃

정인엽

달빛에 달맞이꽃 피고
불야성에 사람꽃 만발하네

해 지자 어둠은
불빛으로 물들고
문명의 욕망은
불속을 헤맨다

별 쫓던 눈동자
여명에 잠기면

밤에 폈던 사람꽃 따라
달맞이꽃도 잠이 드네

미 행

해 질 녘
길 건너 모퉁이에서 만난 달님
어딜 가냐 물으니
가장 친한 친구를 만나러 간다 했지

자정 즈음
살금살금 골목을 빠져나가는 달님을
몰래 따라가 보았지
빵집 옆 가로수길로
우리 학교 세 번째 울타리 밑으로
아빠가 운동하는 산책길 옆 물가로

달님이 가는 곳마다
초록색 드레스를 입고
길게 뺀 목 살랑살랑 흔드는 누군가 있었지
우리 집 담벼락 밑에 사는 바로 그 아이
달님의 가장 친한 친구임을 알았지

그날 밤 나는 보았지

친구의 가는 목에 얼굴을 맞대고
하늘하늘 기다란 팔을 잡고
바람의 노래에 춤을 추는 달님을
밤새도록 춤을 추는 달님을

2부

등대와 배

출석부

강춘수

배가 나간다
배가 들어온다

배가 나간다
배가 들어온다

갈매기 보초병

강춘수

파도가 괴물이 되던 시간
긴박한 선원들의 심장 소리가
항구를 향해 마구 뛰어갔다

등대는
구부러진 바다 등짝 위로
사정없이 빛줄기를 그어대었다

차렷한 눈동자
새벽이 와서야 힘을 풀었다

항구에서

공길숙

밤새 뜬 눈
낮이 되니 졸음이 몰려온다
안 되겠다
150와트 오징어잡이 배는
충전기에 딱 붙었다

빨간 불이 들어온다
충전 시작

등대와 물고기

김기봉

등대는
무슨 물고기를 낚아 올릴까요?

비늘을 반짝이며
등을 내었다가
또 숨겼다가

커다란 밤물고기들
안개 짙은 날만 골라 출몰합니다

아버지의 배

김서은

배 타고 나갈 때마다
만선을 꿈꾸며 콧노래 부르고

고깃배는 물결 따라
춤을 추었지

그러나
텅 빈 망태기
애써 미소 지으며

큰 배를 가진 돌쇠네 집에
시집가라던 넋두리
가서 너는 물고기 실컷 먹어라

싫어! 싫어!
코흘리개 나는 싫어

아버지 혼례 타령에
부끄러워했던 열두 살

아버지 배는 기억 속에만 떠다니네

경비아저씨

김서은

바다의 경비아저씨
빨간 모자 쓰고서
옹기종기 모여드는
통통배 부딪힐라 조마조마

하늘 경비아저씨
층층꼭대기 앉아서
깜박 깜박
깜박할 사이
바람처럼 여객기 지나가고

동네어귀 수호신 장승 아저씨
이리저리 둘러보아도
아이들 호기심은 풀리지 않고
한 줄 수수께끼로 남네

바다에서 육지에서
하늘에서 동네어귀에서

경비아저씨 덕분에
날이 저물어도 걱정이 없네

절박한 기도

김현숙

길을 잃었다
등대, 네가 절실하다

등대에게

김현숙

어지럽고
혼란하다

칠흑 같은
어둠 속에서

상처가 난무하다
사회는 어둠에 싸였다

길잡이, 너의 빛이 필요하다

모정의 포구

박동금

비바람 몰아치는 밤 자식 걱정에
등불 들고 마을 어귀에 서 계셨지

그 품의 보살핌으로
더 넓은 세상 바다로 나아갈 꿈을 쟁였지

등 대

박동금

바다 양 떼를
보살피는 목동

사 투

박삼

바람이 잠들고
별이 눈을 감고
일렁이던 물결마저 멈춘 시간

긴장한 등대 위를
검은 안개가 스멀스멀 기어오른다

이제 곧 전쟁이다

밝히려는 자와
지우려는 자의 한판 대결

낚시

박삼

상상의 바다,
시어들이 빠르게 헤엄친다
급한 마음에 낚싯대를 던진다

순간,
바다는 쥐 죽은 듯 고요하고
물고기는 자취를 감춘다

해마가 사력을 다해 헤엄치지만
좀처럼 몰고 오지 못한다

종일 머리를 쥐어짜 보지만
시간만 속절없이 흐르고

매양 미늘에 걸려 올라오는 건
조무래기 시어 몇 마리뿐!

은행나무 집 엄마

마이리

동네에서 제일 큰 은행나무
그 그림자가 방안까지 들어오면
오남매는 녹슨 대문을 보고 또 본다

대문 너머 큰 보따리가 온다
동네에서 제일 작은 엄마가 온다

굽은 등 어두운 부엌에서 달그락달그락
오남매 밥 넘어가는 소리

엄마 눈이 스르르 감긴다
막내아들 엄마 배에 얼굴을 묻는다
검붉은 젖꼭지 가지고 논다

눈 감은 엄마가 웃는다
두 살 많은 누나, 동생을 보다가
엄마 등에 코를 대어 본다

은행나무 꼭대기에 걸린 달이
달빛 이불을 고요히 덮어 준다

팔미도에는

정인엽

팔(八)자로 버텨온
시련의 섬 팔미도(八尾島)

파도의 아픔인가
비바람의 눈물인가

거친 세월 다지어
돌산에 등대 꽃 심으니

바다의 나그네
꽃길을 걸어가네

밤마다 꽃이 피네
팔미도에는

오리의 편지

황가영

바다에도 오리가 살고 있다는 걸
나는 알고 있다
그것도 아주 커다란 오리가

오리가 바다 위에서 무얼 하는지도 나는 알고 있다
오리는 먹이를 찾으러 다니는 게 아니라
편지를 쓰고 있다는 걸
언젠가 파도에 떠밀려온 오리의 편지를 읽은 적이 있다

아무도 오리의 안부를 묻지 않지만
나는 오리의 마음을 안다
오리가 쓴 편지는 잔물결을 일으키고
때로는 파도를 타고 나에게 오기도 한다

그래서 나는 오늘 밤도
바다를 비추는 커다란 촛불을 등불 삼아
별처럼 빛나는 사탕을 잔뜩 담은 편지를 쓰고 있는
반짝이는 작은 점이 된 오리를 본다

3부

눈사람과 해

착한 이별

강춘수

가야 할 때를
아는 사람은 아름답다

눈사람도 그렇다

운 명

강춘수

동그라미 두 개로 태어났다
추위에 시퍼래진 두 볼
당근코로 급한 숨 들이 마신다

그대의 따뜻함이 고마워
두 팔 벌려 맞는다
차가운 눈물 뺨에 흘러내린다
뚝,
뚝…
희미한 빛 사이로
눈꺼풀이 감긴다

안녕

눈사람 친구

공길숙

우리가 만난 건
우연이지만
둘이라 좋았어

눈 오는 날 아이의 웃음소리
밤엔 초롱초롱한 별빛
차가운 바람도 함께했지

해 뜨면
이별의 시간
아래로 아래로 스며들겠지만
우리, 낮까지만 버티자

학교 갔다 온 아이한테
인사는 해야지

노을빛 눈사람

김기봉

해를 향해 둘은 앉아 있지요
눈 감은 채 말합니다
덥지요?
오른쪽 눈사람이 묻자
왼쪽 눈사람이 엉뚱한 답을 합니다
사랑해!

흐르기 전에 고백을 합니다
두근두근
마지막 기회입니다

눈사람 도둑은 누굴까

김서은

심술 가득한 해가 꼭대기에 있다
눈사람이 도둑맞았다

내 눈사람 어디 갔어
아이 울음소리 커진다

범인은 내가 아니라는 듯
해님은 딴청이다

또 만나자

김서은

해가 뜨기 전에는
영원을 꿈꾸었지

해를 보는 순간
둘은 숨 가쁘다

해가 더 다가온다
이별의 인사를 해야 한다

봄여름 가을 지나
겨울이 올 때까지
그때까지 안녕

겨울 아이

김현숙

천진함으로 무장한 날
너를 만났다

지나가는 사람들
너를 보고 미소 짓는다

너는 내리꽂히는 햇살을
담담히 받아들였지

딱딱한 대지에
촉촉함을 남기며
사라지는 너

너처럼
부드러움을 전하는
그 무엇이 되고 싶다

해와 눈사람

박동금

그대가 먹구름 속으로 사라진 뒤
온 세상은 하얗게 변했습니다

그 옛날 아이였던 아버지는 아이들의 응원 속에
우리 둘을 세상에 나오게 했습니다

그대가 눈부시게 세상을 밝히니
이제 우리는 돌아가야겠습니다

겨울 선물

박삼

꼬마 천사가 다녀갔을까
발자국도 없이

아파트 벤치 위
자기 닮은 눈사람 하나

눈사람을 사랑한 해

박삼

다가갈 수도 만질 수도 없는 너
이루어질 수 없는 사랑이 아프다

차가워야 네가 살고
네가 살아야 내가 사는데…

너는 이해 못 할 거다
불꽃으로 활활 타는
내 속을

눈사람과 꼬마

마이리

꼬마가 내 앞에서 멈췄다
비뚤어진 눈썹 짝짝이 팔을 고쳐 주고
멀어진 엄마 곁으로 달려갔다

하양 털모자에 빨강 장갑을 끼고
분홍 운동화를 신은 그 아이

가로등이 하나둘 켜질 때까지
꼬마가 간 길을 보았다

그 꼬마를 다시 볼 수 있을까

타임머신

마이리

눈사람
너를 보면 어린 시절로 가게 된다

환생의 꿈

정인엽

날이 밝아
머리 들어 바라보니

가려진 위선에
눈이 멀어 간다

몸과 마음은 부서져
저 안갯속으로

타오르는 불덩이에
물 되어 흐르면

다시 태어나

진실 향기 가득한
그곳에 서고 싶다

비밀 일기예보

황가영

창문을 열어 하늘을 보는데
잿빛 구름 속에서 나를 바라보던 눈사람과 눈이 마주쳤다
눈사람은 내게 말을 건넸다
"여덟 시에 감나무 밑에서 만나."

학교에 갔더니
윤지는 다락방 창틀에서
정미는 토끼굴 속에서
현우는 빵집 앞 우체통 앞에서
눈사람과 만나기로 했다고 한다
그래서 우리는 일기예보를 보지 않고도
커튼을 열어 창밖을 보지 않고도
눈이 올 거라는 걸 알 수 있다

4부

누룽지

마른 밥

강춘수

수분이란 수분은 한 점 없이 말렸다
다이어트 성공이다

g군의 식사

강춘수

태웠g
긁었g
말렸g
끓였g
먹었g

맛있군!

누룽지

공길숙

바닥에 깔려
세상 뜨거운 맛 보았소
친구를 밟고 올라서긴 싫었다오
눈 딱 감고 기다렸소

어느새 밥알들
똘똘 뭉쳤다오
단단한 연대
우리를 깨뜨릴 자 그 누구냐

가마솥 실험실

김기봉

우리 할머니는 마이야르 실험실에 있어요
등짝이 말라가며 색깔을 입는 165℃

푸른 불과 만날수록 스으윽 덧입는 구릿빛
노릇노릇

할머니는 모래시계도 없는데
뒤집어야 할 지점을 알아요
역시 할머니의 실험은 오늘도 성공이에요
제가 누룽지 박사 학위 수여할게요

누룽지 친구

김서은

누구랑 친구 하지
눈치 보던 누룽지

닭이랑 오리랑
새로 사귄 해물 친구랑
열탕에서 헤엄친다

도도한 대게 킹크랩도
언젠가 친구 되겠지

노년의 삶

김현숙

누렇게
누른
누룽지다

가마솥 누룽지

박동금

 어릴 적 가마솥에 밥이 익어갈 때면
밥이 눌어붙어 만들어진 누룽지 냄새에
부엌으로 들어갔다

고소한 것은 내가 먹고
구수한 물은 아버지 드시고
얼마 안 되는 불은 밥은 어머니 몫
누룽지가 내어준 한 끼

아버지와 누룽지

박삼

아버지가 보고픈 날이면
술잔을 든다
누룽지탕을 앞에 놓고

누룽지는 그리움이다, 애잔함이다

아버지 거칠한 손 곳곳에 박혀있던
굳은살, 그 살은 아픔이다

불꽃 가장 가까운 곳에서 고통을 견뎌낸
누룽지와 닮았다

잘난 척

박삼

양은 냄비 누룽지가 우쭐댔다
난 할머니와 아이들 간식이야

돌솥 누룽지가 비꼬았다
냄비 누룽지도 누룽지냐?
난 식당 손님한테 사랑받는 숭늉이거든!

가마솥 누룽지가 거만하게 웃었다
이 몸은 역사와 전통을 자랑하는 뼈대 있는 가문이지
사람들에게 느리게 가는 법을 가르쳐
가끔, 성질 급한 사람은 이도 부러뜨려!

고소한 편지

마이리

간들간들 빼빼 마른 막내딸
늦은 나이에 호적이 바뀌었다
팔십인 아부지가 주신 봉투
그 속에 누룽지가 한가득이다

– 아가, 생각날 때마다 먹어라

무엇이 생각날 때일까,
함께 먹던 저녁일까
그 시절일까

추울세라 더울세라 늘 옆에 끼고
가시 발라 밥 위에 올려 주시던
아부지가 생각날 때면
노란 편지 조각을 꺼내
오래도록 녹여 먹었다

누룽지 치과

마이리

오도도독 아그자작

코밑이 까매진 큰형아
짱구 이마 작은형아
모두 입을 벌려요

이제야 퇴근한 배 나온 아빠는
무서워서 입을 오므려요

나만 보면 합죽 웃으시는 할아버지는
검사 기간이 진즉 끝났대요

바닥에 피는 꽃

정인엽

바닥에 피는 마른 꽃
가마솥에서의 우리는
운명처럼 만났습니다

나는 바닥에 그대는 내 몸 위에

당신이 하얀 꽃이 되면
나는 누런 꽃받침입니다

빛에 그림자처럼
우리는 함께 있습니다

나는 그대를 받쳐주는
단단한 꽃입니다

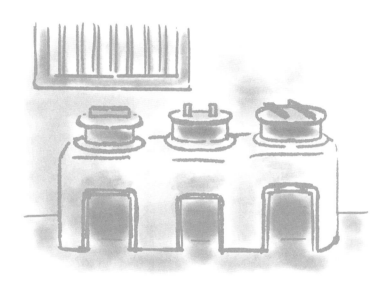

콘크리트 누룽지

황가영

엊그제 언니가 가져온 누룽지
누룽지는 봉지에 담겨 있었고
엄마 사랑이라고 쓰여있었고
그리고
외국산 100%였다

어느 더운 나라의 콘크리트 바닥을 생각해 본다
엄마들이 흙바닥에 하얀 쌀밥을 깔고 있었다
그 나라 사람들은 바닥을 먹고 살기 때문이다
한낮의 열기가 가시고 나면 바닥에는 누룽지만 남는다
반짝거리는 구둣발이 밟고 지나간
딱딱하고 납작한 누룽지
그걸 누가 먹을지는 아무도 모른다
그 나라의 이름은 외국이라고 한다

5부

포도와 벌

포도나무와 벌의 사랑

강춘수

여름의 인내가 스며든 포도나무와 사랑을 나눈다
상처로 휘둘려 쪼그라진 송이에 마른 입맞춤을 하고
비밀스러운 날갯짓으로 달콤해질 미래를 이야기한다

빗방울에 갇힌 너의 열매는
거둠의 손길이 닿지 않을 가지 끝에 감춰둔다

다 익지 않은 푸른 알갱이의 속삭임은 애절함으로 맺혀
가을 풋바람에 몸을 내어주고
내 입술이 닿은 포도송이와의 이야기를 못내 멈춘다

사소한 질문 다섯 개

강춘수

포도나무는 어떻게
그 많은 알갱이를 모았을까?

포도 한 알갱이에 담긴 단맛에는
얼마큼의 햇빛과 바람의 양이 담겨 있을까?

알갱이를 감싼 포도 껍질을 만들기 위해
땅속에 있던 포도나무 뿌리는 어떤 마법을 부렸을까?

포도를 수확하기 위한 가위질을 할 때
포도나무가 느끼는 고통의 무게는 어느 정도일까?

이 지구 상에서 포도가 없어진다면
와인 마니아들은 어떤 반응을 보일까?

꿀벌의 노임

공길숙

포도꽃이 피면
새벽 인력시장 일꾼들이 바빠진다
두 달 뒤 임금을 치르겠다고 한다

꿀벌들이 지나간 발자국마다
작은 알이 맺혔다

간밤의 폭우도
포도가 익는 것을 막지 못했다

오늘은 노임을 받는 날
쪼오옥, 벌은 포도알에 머리를 처박고 있다
정산 중이다

포도 자석

김기봉

자석에 알갱이들이 매달려 있다
서로를 당긴다
바짝바짝

먼 곳 달콤 요정도 끌려올 것 같다
동글동글 동글동글
철가루 같은 보라 송이들
드레드레 포도

벌

김서은

탱글탱글 포도알에
윙윙 감별사 한 마리
오래 머문다

음~
일등품이다

백일기도

김서은

허공에 대롱대롱 매달린 채 살다가
터질세라 귀한 몸
상자 궁전에서 고이고이 모셔져
여왕처럼 살았지

이사 가는 날 포도송이 해체되어
베이킹파우더에 샤워하고
알알이 곱게 곱게 단장하고
전신 마사지를 받는다

단맛에 효모까지 갖춘 미모인데
설탕 가루 뿌려져
유리병 감옥에 딸깍 갇혔다
죄목은 약함

얼마나 지났을까 가석방되던 날
베보자기에 싸여 고문을 받는다
완전히 물이 된 몸 다시 감옥에 넣고
백일기도 올린다

주문은 숙성함

백일석방 기념으로
와인 소믈리에 파티가 열렸다

포 도

김현숙

아이의 포도는
장독대 어귀에서
뜨거운 햇살 아래
느리게 느리게 익어갔다

탐스러운 보랏빛
기다리지 못하고

나무를 접시 삼아
한 알씩 한 알씩
따먹던 포도

세월과 함께
아이의 포도나무는 떠났다

흰머리 아이는
시제(詩題)로 만나
축시(丑時)에 잠을 깬다

자꾸만 웃자라는 욕심
다독이며
한 그루 포도나무를 심는다

선 발

박동금

한 송이에 맺힌 열매인데
색깔도 다르고 익는 시기도 다르다

벌아, 네가 취한 걸 보니
바로 너구나, 내가 데려가야 할 것은

포도송이

박삼

포도 넝쿨 우거진
시골집 수돗가

뙤약볕 아래 일하고 온 어머니
웃옷 훌훌 벗어 던지고
등목하실 때

땀띠로 벌겋게 물든 등 보았다
포도송이처럼 늘어진 젖가슴
애처로웠다

해마다 이맘때면 돌아오는 너처럼
어머니 한 번만 더 뵈었으면 좋겠다
갈자색 저고리 하나 해 드렸으면 원이 없겠다

흥부골 포도

마이리

쫓겨난 흥부는
29명의 자식을 데리고
지리산으로 갔습니다

처음에는 사과를 심었다지요
사과는 쪼개고 쪼개도
모두가 먹을 수 없었대요
서로 먹겠다고 싸우느라
박이 터지고 아주 난리가 났다네요

어느 따뜻한 봄날
제비가 물어온 씨앗을 심었더니
동글동글 까맣고 달콤한 것이 열렸대요

흥부 자식보다 더 많은 알이
주렁주렁 열려서 사이좋게 먹을 수 있었답니다

아들이 여친을 데리고 왔다

마이리

작고 귀한 손님이 왔다
꽃 접시에 과일을 내왔다

이모! 탕후루 만들어도 돼요?
설탕 시럽은 있어요? 이쑤시개는요?

이모 소리에 깜짝 생글생글한 얼굴에 번쩍
홀린 듯 부엌으로 가서 주섬주섬

이슬 맺힌 듯 반짝이는 연두 방울들
작은 입을 삐죽 내밀고 쪽쪽 잘도 먹는다

이모도 드세요
손님의 미소가 탕후루보다 더 반짝인다

너 하나 나 하나

정인엽

포도는 타오르는 햇빛을
몸으로 이겨낸다
이슬방울은 체력을 과시하고

잎사귀에 가려졌던 송이
두 주먹을 벗어나고도 남는다

검게 그을린 모습에
입안에 침이 고이고
눈에는 탐욕이 발동한다

주렁주렁 달린 송이에 바싹 다가서면
분배의 정의가 말한다

너 하나 나 하나
너 둘 나 둘

생일 저녁 7시 58분

황가영

거실 천장에 동글동글 매달려 있던
생일을 깨우는 매미 소리

엄마가 부엌에서 포도알 씻는 소리
빨강 꽃 접시 달그락대는 소리

장난감 강아지 재주넘는 소리
그 밑으로 대롱대롱 알록달록하던
성냥 그어 초 켜는 소리
속눈썹 반짝이는 인형 눈알 깜빡이는 소리
아이들의 생일 축하합니다 노랫소리…

꺼진 촛불 연기되어 사라지고,
납작해진 포도 껍질만 바람 빠진 풍선처럼
먹다 만 케이크 옆에 뒹굴고 있네

시집을 내며

✒ 강춘수

2023년 여름, 폭우와 폭염을 뚫고 찾아온 폰카 시는 나에게 상쾌한 맑음이었습니다. 만남이 가지고 온 축복이 시가 되어 기쁩니다. 가을바람이 참 좋네요.

✒ 공길숙

설마 내가 시집을 내다니, 반신반의하면서 시작한 시작(時作)입니다. 정말 시집이 되니 한 계단 올라선 느낌입니다. 아낌없는 조언을 해주신 김미희 작가님, 그리고 함께한 선생님들이 아니었다면 불가능했을 것입니다. 지면을 빌려 감사를 전합니다.

✒ 김기봉

낱말을 찾아봅니다. 사물을 관찰합니다. 세상을 바라봅니다. 시어를 모셔옵니다. 삶을 되짚어봅니다. 시를 쓰며 생긴 습관입니다. 변화하는 나를 발견하는 시간이었습니다.

✒ 김서은

시를 쓴다는 것, 그냥 써지는 것이 아니라 많이 보고, 느끼고, 날마다 새롭게 보는 직관을 가지고 '양질의 법칙'에 따라 연습하고 공부하며 감성의 뇌를 닦는 것이라고 생각합니다.

시는 시인의 철학을 담은 그릇이다. 아직 그 그릇이 작아 설익은 시를 부끄럽게 내어놓지만 배운 것이 밑거름이라 위로합니다.

김현숙

준비 없이 막연한 마음으로 시작(詩作)과 만났습니다. 김미희 작가님의 따뜻한 격려로 시(詩)를 마주하면서 귀가 넓어지고 눈이 깊어지는 시간을 갖습니다. 모든 사물이 친숙하게 다가옵니다.

박동금

제가 본 사물과 멋진 풍경을 글로 표현하고 싶었습니다. 뜻을 이루기엔 먼 길이지만 첫발을 내딛도록 도와주신 김미희 작가님과 경향신문 후마니타스연구소에 감사드립니다.

박삼

세상을 아름답게 보고 자신을 더욱 사랑하게 되는 마법을 경험하고 있습니다. 사물을 다양하게 바라보는 눈의 변화, 타인의 다양성을 인정할 줄 아는 마음의 변화. 시를 쓰면서 생겨난 것들입니다. 자신과 사물에 대한 새로운 발견이 미래의 나를 어떻게 바꿔 놓을지 기대됩니다.

✎ 마이리

끄적이던 낙서들이 시로 탄생하는 순간입니다. 온통 시로 가득한 시간을 보냈습니다. 부끄러움 한편에는 감격과 환희가 있습니다. 저의 시를 부모님께 읽어 드리고 싶습니다.

✎ 정인엽

시인은 현미경과 망원경과 같은 눈으로 세상을 읽고, 거짓과 위선이 눈을 가릴 때는 진실(眞實)로 세상을 인도합니다. 여기에 시(詩)가 있습니다. 시에 다가갈 수 있도록 도와주신 김미희 작가님께 감사드립니다.

✎ 황가영

누군가를 알아간다는 것은 그 사람에 관한 생각을 쓰고, 지우고, 새롭게 고쳐 쓰고, 단정 지었던 부분을 여러 번 수정하고 다시 이어서 쓰는 과정의 반복일 것입니다. 시를 쓰는 것 또한 그렇습니다. 시는 사람과 사물, 혹은 다른 그 어떤 것도 내가 안다고 생각했던 모습이 극히 일부분에 지나지 않았음을 깨닫게 하고, 다시 보게 합니다. 이 책의 시들은 그렇게 내가 다시 보고, 쓰고, 지우고, 새롭게 고쳐 쓰게 된 것들에 대한 기록입니다.

시인 소개

강춘수

그림책 전문가로만 살다가 시를 만나 한 걸음 뗀 시인이 되었습니다.
시를 잘 쓰기 위해서는 잘 살아야 한다는 작가님의 말씀에 나의 소망을 두기로 제 마음과 약속을 해봅니다.

공길숙

낮엔 공인노무사로 밥벌이를 하지만, 퇴근하면 작은 풀벌레 소리에 위안을 얻습니다. 싸움보다는 화해를 세상에 바라봅니다.

김기봉

매일 마주하는 나날, 무언가에 이끌리듯 나를 돌아봅니다.
여러 생각이 올라오면 시로, 수필로, 사진으로 삶을 담아냅니다.
그런 지구인의 한 사람입니다.

김서은

20여 년을 아이들을 사랑하는 마음 하나로 열정을 쏟다 보니 어느새 인생 2막을 맞이하게 되었습니다. 호기심 많은 아이처럼 새로운 무엇을 찾을 때 폰카 시 쓰기를 만났죠.
놀면서 시 쓰기를 하다 보니 뒤늦게 여름이 다 갔음을 느꼈습니다.

지난날은 외부에 방점을 찍고 살아온 것 같습니다.

이제는 스스로에 기준점을 두고 계절 따라 변하는 자연의 섭리에 친숙한 일상을 일구고자 합니다.

박동금

돌아다니는 것을 즐겼고 식물을 가까이했습니다. 이제 정리하고 기록하여 세상에 도움을 주는 선배 시민의 길을 가고자 합니다.

박 삼

돌아본 뒷모습에 놀라 부리나케 달리는 사람.

글쓰기로 내면을 읽는 즐거움에 빠진 사람.

'글은 후대의 나'라는 노(老) 작가의 말을 신봉하며 사는 사람.

마이리

매일 아이들과 지내면서 순수함을 배우는 사람입니다. 아이들처럼 세상을 신기하고 재미있게 살아가고 싶습니다.

정인엽

아침에 눈을 뜨면 자연의 섭리에 놀랍니다.

세상의 소리를 자연의 마음으로 풀어보려 궁리합니다, 해 질 때까지.

황가영

그림을 그리고 글을 쓰며 어딘가에 숨어있는 이야기를 찾아 나섭니다.

폰카, 시를 입다

펴 낸 날   2023년 11월 16일

지 은 이   강춘수, 공길숙, 김기봉, 김서은, 김현숙, 박동금, 박삼, 마이리, 정인엽, 황가영
지도 및 감수   김미희
표지일러스트   황가영
낭독, 영상감수   구경영
낭   독   김경희, 김규용, 김미령, 문정옥, 민진, 신연진, 이애리
진   행   경향신문 후마니타스연구소 송현숙, 최희주
기   획   경향신문 후마니타스연구소
전   화   02) 3701-1046~7
홈페이지   https://humanitas.khan.co.kr
펴 낸 곳   도서출판 생각나눔
기획편집   서해주, 윤가영, 이지희
출판등록   제 2018-000288호
주   소   경기도 고양시 덕양구 청초로 66, 덕은리버워크 B동 1708호, 1709호
이 메 일   bookmain@think-book.com

• 책값은 표지 뒷면에 표기되어 있습니다.
  ISBN 979-11-7048-619-0(03810)